자유롭고 싶은 사람을 위한 책

오늘, 자신이 자유롭지 못하다고 생각하는 사람에게

어느 오후 스쳐지나는 바람이 들려주는 이야기

프리드리히 지음

지성과문학

오늘, 자신이 자유롭지 못하다고 생각하는 사람에게

어느 오후 스쳐지나는 바람이 들려주는 이야기

자유롭고 싶은 사람을 위한 책

오늘, 자신이 자유롭지 못하다고 생각하는 사람에게
어느 오후 스쳐지나는 바람이 들려주는 이야기

프리드리히

지성과문학

✽ 오늘, 자신이 자유롭지 못하다고 생각하는 사람에게

오늘, 자신이 자유롭지 못하다고 생각하는 사람에게

어느 오후 스쳐지나는 바람이 들려주는 이야기

1. 우리는 정말 자유로울 수 있는가

✳ 오래된 거짓말

자유는 우리에게 행함을 허락한다.
그것을 할지 말지는 우리에게 달려 있다.
이것은 대단한 일이다.

그래서 자유를 찾아 헤매고, 자유를 갈망한다.
이에 대해 조금도 의심하지 않는다. 그러나 우리는 결국 자유롭지 않다.
오류이거나 거짓말이다.

오늘, 자신이 자유롭지 못하다고 생각하는 사람에게

✽ 어느 오후 스쳐지나는 바람이 들려주는 이야기

자유가 주는 것은 자유라고 할 수 없을 정도로 제한적이다.
우리의 자유는 억압의 반대일 뿐이다.
억압을 벗어나는데 열심이었던 우리는, 자유를 사용하는 법을 잘 알지 못한다.

자유로운 주변의 모든 것에는 눈길을 주지 않고
우리는 억압에만 눈을 돌린다.

마치 물을 구하려고, 계곡 물을 옆에 두고 비를 기다리는 것처럼.
우리가 원하는 자유를 위해 [꼭 필요한 것들]이 너무 많다.
하지만, 자유의 자유로움이 큰 파도처럼 밀려오는 것은
매우 특별한 조건, 선택된 자에게만 제한된 것은 절대 아니다.
우리 모두, 실망할 것 없다.

자유, 별것 아니다.
하고 싶은 대로 한다고 그렇게 대단할 것도 없다.
단지 사역으로부터의 도피가 대부분이다.

오늘, 자신이 자유롭지 못하다고 생각하는 사람에게

잔칫집 밥상 같은 것으로 자유를 생각하면 곤란하다.
자유에 대한 환상에서 깨어나는 것.
그것이 조금이라도 자유로울 수 있는 방법이다.
자유는 본래 대단한 것이 아닌 소박한 것이다.
어쩌다 한 번 먹는 쌀밥에 흔한 나물이면 그것으로 충분하다.

오늘, 자신이 자유롭지 못하다고 생각하는 사람에게

13

억압에서 눈을 돌리면 자유는 어디에나 있다.

2. 자유는 투쟁하여 얻을 수 있는 것인가

✱ 오래된 거짓말

자유는 투쟁을 통해서만 쟁취할 수 있다.
아무리 생각해도 다른 방법이 별로 없다.

너무도 많은 사람이 그렇게 말해 왔다.
투쟁하고 또 투쟁한다. 자유를 위해.
그런데 누군가가 얻은 만큼, 누군가는 그것을 빼앗긴다.
모두 너무 이기적이다.
사람들이 가지는 자유의 총합은 결국 크게 다르지 않다.
무언가, 오류 또는 거짓말이다.

오늘, 자신이 자유롭지 못하다고 생각하는 사람에게

2. 자유는 투쟁하여 얻을 수 있는 것인가

✱ 어느 오후 스쳐지나는 바람이 들려주는 이야기

상대도 자유롭게 하면서, 나를 자유롭게 해야 진정한 자유이다.
내가 자유로워도, 상대가 상처받아 자유롭지 못하면 자유의 의미가 반감한다.
아직 젊은 시절에는 이기심과 자유를 구분하기 어렵다.

진정한 자유를 위해서는, 투쟁하는 것이 아니라,
새로운 자유를 발견하고, 더욱 좋게는, 자신만의 영역을 만드는 것이다.

이는 억압하려는 자를 무력화 시키는 최고의 방법이기도 하다.
권력자나 재력가의 가장 껄끄러운 상대는
자신이 가진 그것에 무관심한 자들이다.
우리가 이것을 조금 일찍 안다면, 삶을 다르게 변화시킬 수도 있을 것이다.

독재와 억압은 용서할 수 없다.
그러나 문제는 그 이후에도 있다.
독재와 억압에서 벗어난다고 더 행복해지지는 않는다.

오늘, 자신이 자유롭지 못하다고 생각하는 사람에게

2. 자유는 투쟁하여 얻을 수 있는 것인가

진정한 자유는 투쟁하여 쟁취하는 것이 아니라
자신의 영역을 새롭게 발견하는 것이다.
투쟁하여 얻을 수 있는 자유는 극히 일부분일 뿐이다.
자신 속에 감추어져 있는 무한한 자유를 찾아 떠나라.

오늘, 자신이 자유롭지 못하다고 생각하는 사람에게

자유로울 수 있는 최선의 방법은 자신만의 자유룰 만드는 것이다.

3. 자유를 위해 필요한 것은 무엇인가

✱ 오래된 거짓말

자유의 정도는 힘과 비례한다.
권력에의 의지에 대한 이유이다.

권력, 재력, 명예가 자유를 줄 것으로 생각한다.
그러나 아무리 노력해도 얻는 것과 잃는 것이 거의 비슷하다.
권력, 재력, 명예는 그것 자체가 목적이자 결과일 뿐이다.
그것들로 자유까지 얻으려는 것은 욕심이고, 그럴듯한 거짓말이다.

오늘, 자신이 자유롭지 못하다고 생각하는 사람에게

3. 자유를 위해 필요한 것은 무엇인가

✱ 어느 오후 스쳐지나는 바람이 들려주는 이야기

자유를 얻으려면 사실, 아무것도 없어야 한다.
자유는 힘과 멀어져야 한다. 자유와 권력을 연결하려는 것은 헛된 위세이다.
권력이 자유를 구속하는데 그 속에서 자유로울 수는 없다.
사랑, 권력, 명예. 우리가 소중하다고 생각하는 것이 생길수록
자유는 멀어져 간다.

자유는 힘으로 쟁취하는 것이 아니라,
타자와 함께 나누어 증대시키는 것이다.

얻으려는 그리고 얻은 소중한 것들에 오히려 자유로울 때만,
즉, 타자와 공유할 마음의 여유가 있을 때만,
비로소 자유로울 수 있음을 오랫동안 쉽게 알 수 없다.

새가 날 수 있는 것은 무겁지 않기 때문이다.

오늘, 자신이 자유롭지 못하다고 생각하는 사람에게

자신의 자유를 위해 필요한 것은 자유를 위한 부자유이다.
그것을 구할수록 자유에서 멀어진다.
자신을 위한 자유는 그 합에서 남는 것이 없지만
타인과 자유를 나누면 반이나 남는다.
자유를 위해 필요한 것은 그것을 나누는 것이다.

오늘, 자신이 자유롭지 못하다고 생각하는 사람에게

자유는 타자와 함께 나눌수록 증가한다.

4. 우리는 정말 자유에 도달할 수 있는가

✱ 오래된 거짓말

시간이 지나고 나이가 들수록,
경험과 지식이 우리를 자유롭게 해줄 것이다.

그러나 경험과 지식은 아무런 도움도 되지 않는다.
부자유 상태도 변함없다.
자유를 향한 힘든 여정이 오히려 자유를 빼앗는 셈이다.
현재 자신을 설득하고 위로하기 위한 거짓이다.

오늘, 자신이 자유롭지 못하다고 생각하는 사람에게

✳ 어느 오후 스쳐지나는 바람이 들려주는 이야기

자유는 우주를 구성하는 무한 표면에 펼쳐져 있어
한 가지 자유로워지면 반대편에서 멀어질 수밖에 없다.
너무 멀리 있어서, 작은 자유의 성취는 별로 의미도 없다.
지금 아무것도 없다고 생각할 때나, 지금 최고의 순간이라고 생각할 때나
자유는 크게 다르지 않다.

결국, 자유는 황금을 찾아 헤매는 것이 아니라
지금 주머니 속에 가득 있는 것을 사용하는 것이다.

상심과 절망 속에 있을 때, 꽤 유익한 지식인데
누구도 쉽게 알려주지 않고, 또 혹시 듣는다고 해도 모른 척한다.
자유를 찾아다니는 한, 자유에 도달할 수는 없다.

자유의 정도는 무한히 확장한다.
그곳에 영원히 도달하지 못하는 이유이다.
그런데 사실 그곳에 갈 필요도 없다.

오늘, 자신이 자유롭지 못하다고 생각하는 사람에게

자유에 도달하는 최선의 방법은
주머니 속 가득 들어 있는
'만족'이라는 작은 돌멩이를 쓰는 것이다.

오늘, 자신이 자유롭지 못하다고 생각하는 사람에게

자유를 찾아다니는 한, 자유에 도달할 수 없다.

5. 자유로워 지려고 하는 이유는 무엇인가

✻ 오래된 거짓말

모두, 오랫동안 자유를 추구했다.
자유가 행복을 줄 것으로 확신했기 때문이다.

우리는 지금 자유롭지 못해 불행하다고 생각한다.
자유를 향하는 것은 필연이다.
그러나 아무리 노력해도 자유와 행복은 잘 연결되지 않는다.
철학자들의 오래된 거짓말이다.

오늘, 자신이 자유롭지 못하다고 생각하는 사람에게

✱ 어느 오후 스쳐지나는 바람이 들려주는 이야기

억압으로부터 탈출하려는 소극적 자유 단계가 지나고
자유가 개인적이며 적극적 자유 단계로 넘어가면
자유의 목표는 어느새 [나태함]으로 변화한다.
적극적 자유의 부재는 많은 사람의 삶이 증명한다.
우리는 적극적 자유를 성취하는 방법을 잘 알지 못한다.

자기중심적 삶 속에는 어디에도 자유란 없다.
그것을 얻으려고 할수록 더욱 멀어진다.

어렵지만 자유를 얻을 수 있는 유일한 방법이 있는데
그것은 내 자유를 포기하고, 타자에게 자유를 부여하는 것이다.
자유란 타자를 통해 비로소 얻을 수 있는 것임을 보통, 너무 늦게 알게 된다.

자유의 목적도 역시 행복이다.
내 주위 열 사람만 자유롭다면, 나는 그들과 함께 행복할 것이다.

오늘, 자신이 자유롭지 못하다고 생각하는 사람에게

자유를 지키려는 이유가 편안함과 나태함이라면
그 자유는 비난받아 마땅하다.
편안하지 않음을 자유롭지 않음으로 착각하지 말라.

오늘, 자신이 자유롭지 못하다고 생각하는 사람에게

자기중심적 삶 속에는 어디에도 자유란 없다.

6. 자유란 무엇인가

�**✱** 오래된 거짓말

자유는 외부적인 구속이나 무엇에 얽매이지 않고
하고 싶은 것을 자기 마음대로 할 수 있는 상태이다.

그러나 이것은 비정상적 최고 권력자만 겨우 가능한 일이다.
이 자유에 대한 사전적 정의는 모두를 권력과 재력에 욕심을 내도록 만든다.
심각한 거짓말이다.

오늘, 자신이 자유롭지 못하다고 생각하는 사람에게

✳ 어느 오후 스쳐지나는 바람이 들려주는 이야기

자유에 대하여 조금씩 알기 시작하면
어느 순간, 자유의 의미가 갑자기 작아진다.

자유란 외부적인 구속이나 얽매임에 원인하는 것에
저항하는 것이 가능한 상태일 뿐이다.

[자기 마음대로] 할 수 없으며, 그렇게 해서도 안 된다.
자유란 진리에 속해 있어서 모두에게 평등해야 한다.
평등이 깨지면 개인적 자유는 새로운 악의적 억압의 탄생일 뿐이다.
그러므로 자유가 악의적 억압이 되지 않도록
철저한 타인에 대한 배려가 필요하다.
그러나 우리 마음속 이기심은 이를 의도적으로 회피한다.
우리가 자유를 쉽게 이룰 수 없는 이유이다.

진리는 자유로 인도하지만, 자유는 진리로 인도하지 않는다.
둘을 동급으로 생각하면 곤란하다.

오늘, 자신이 자유롭지 못하다고 생각하는 사람에게

자유란 자기 마음대로 하는 것이 아니라
진리를 따르면서 마음대로 하는 것이다.
자신이 자유롭지 못한 이유가 진리를 위한 것이라면
그것은 참을 만하다.

오늘, 자신이 자유롭지 못하다고 생각하는 사람에게

타인을 배려하지 않는 자유는 폭력일 뿐이다.

7. 자유를 위한 희생양은 누구인가

✻ 오래된 거짓말

자유를 위해서는 어느 정도 희생이 필요하다.
억압의 해소를 위해 자유인은 희생을 각오해야 한다.

그러나 모두를 위해 자유를 찾는 자가
희생해야 한다는 것은 있을 수 없는 일이다.
주객이 전도된 거짓이다.

오늘, 자신이 자유롭지 못하다고 생각하는 사람에게

7. 자유를 위한 희생양은 누구인가

✳ 어느 오후 스쳐지나는 바람이 들려주는 이야기

물론, 희생되어야 할 자들은 억압자 쪽이다.
자유를 위한 희생은 억압자 중심의 소극적 생각이다.
빈틈없이 준비하여 그들을 철저히 응징해야 한다.
그리고 억압에 대항하기 위한 희생이 과연 자유를 위한 것이었는지,
억압에 대한 단순한 자기방어적 소극적 저항이었는지도 다시 생각해야 한다.

자유를 위한 저항은 누구도 막지 못하는 대의를 가지고 치열히 준비하여
억압의 싹이 크지 못하도록 억압자를 철저히 파괴해야 한다.

그렇지 않으면 자유를 오랫동안 잃어버린다.
자유를 위해 어떤 희생도 따르지 않도록 해야 한다.
우리 마음속, 두려움이 자라지 않도록.

자유를 위한 저항은 억압자가 다시 일어설 수 없도록 철저히 진행해야 한다.
잘못하면 추가 억압의 빌미가 된다.

오늘, 자신이 자유롭지 못하다고 생각하는 사람에게

7. 자유를 위한 희생양은 누구인가

자유를 억압하는 자가 있다면
그를 철저히 징벌하고 파멸해야 한다.
자유를 위해 피흘리는 사람이 없도록
자신과 사랑하는 이들이 억압받지 않도록
자유를 위한 희생양은 반드시 억압자가 되도록
냉철히 분노해야 할 것이다.

오늘, 자신이 자유롭지 못하다고 생각하는 사람에게

자유를 위해 행동한 자가 어떤 작은 희생도 당하는 일이 없도록 해야 한다.

8. 우리는 자유롭고 또 편안할 수 있는가

✽ 오래된 거짓말

자유인은 걱정 없이 편안하고 행복한 자이다.
그리고 우리 모두, 의지(意志)한다면
자유인이 될 수 있다.

하지만 우리 생, 대부분은 그렇지 못하다.
앞으로도 오랫동안 그렇지 못할 것이다.
오래된 거짓이다.

오늘, 자신이 자유롭지 못하다고 생각하는 사람에게

✽ 어느 오후 스쳐지나는 바람이 들려주는 이야기

자유에 편안함과 행복을 연결하는 것은
스무 살 시절의 잠깐으로 충분하다.
자유는 모험과 투쟁 상태이다.
자유는 자유이고 편안함은 편안함이다.
우리는 둘을 연결시켜, 오류의 근원을 만들 필요 없다.

편안함을 원한다면 자유를 포기하고
작은 방에서 조용히 편안함을 만끽하면 될 것이다.

편안하면 대부분, 자유롭지 않다.
불편한 모험과 계속된 투쟁만이 우리를 자유롭게 할 것이다.

자유는 정신적 상태이다.
육체적 자유는 나태일 뿐이다.

오늘, 자신이 자유롭지 못하다고 생각하는 사람에게

자유를 억압하는 자가 있다면
그를 철저히 징벌하고 파멸해야 한다.
자유를 위해 피 흘리는 사람이 없도록
자신과 사랑하는 이들이 억압받지 않도록
자유를 위한 희생양은 반드시 억압자가 되도록
냉철히 분노해야 할 것이다.

오늘, 자신이 자유롭지 못하다고 생각하는 사람에게

편안함을 원한다면 자유를 포기하라.

9. 자유는 무엇을 해줄 수 있는가

✳ 오래된 거짓말

자유는 무엇이든 어느 정도 가능하게 해줄 것이다.
우리가 자유를 추구하는 이유이다.

그러나 자유로워도 아무것도 달라질 것은 없다.
아침저녁 자유로워도 배고픔은 달라지지 않는다.
거짓이다.

오늘, 자신이 자유롭지 못하다고 생각하는 사람에게

✳︎ 어느 오후 스쳐지나는 바람이 들려주는 이야기

자유는 가능성일 뿐이다.
가능성이 우리 삶을 실제로 변화시켜 주지는 않는다.
자유가 중요하지만, 실제로는 아무것도 해주지 않는다.
이것은 그것이 별로 필요하지 않게 되어서야, 비로소 알게 된다.

자유가 무엇이든 해줄 것이라는 오해가
우리를 자유롭지 못한 것으로 오인, 절망케 한다.

자유는 가능성일 뿐이다.
그 이상 바라지 않으면 자유는 최고의 선물이고
그 이상을 바라면 자유는 어느새 억압으로 작용한다.

자유는 아무 것도 해주지 않는다.
자유로워도 아무 것도 얻을 수 없다.
그래서 자유와 먹을 것을 바꾸는 것이다.

오늘, 자신이 자유롭지 못하다고 생각하는 사람에게

자유로부터 아무것도 얻을 수 없다.

자유는 단지 가능성을 줄 뿐이다.

이는 산을 오르는 사람이

산 중턱에서 정상을 향할지 내려갈지를 선택할 수 있는 자유와 같은 것이다.

선택할 수 없으면 자유는 없다.

지금부터라도 자신의 삶을 '다중 선택 가능 상태'로 만들어가라.

그것만으로 충분하다.

나태하면 자유로울 수 없다.

오늘, 자신이 자유롭지 못하다고 생각하는 사람에게

자유는 아무 것도 해주지 않는다.

10. 우리는 언제 자유로운가

✽ 오래된 거짓말

자유를 위한 시간은 현재 중심이다.
우리는 현재에 최선을 다해야 한다.

과거는 고정되어 있고, 미래는 우리 영역이 아니다.
그러나 현재 아무리 자유로워도 우리 미래 삶은 자유로울 수 없다.
모순적 오류이다.

오늘, 자신이 자유롭지 못하다고 생각하는 사람에게

✱ 어느 오후 스쳐지나는 바람이 들려주는 이야기

우리 삶 대부분은 과거와 미래이다.
현재는 너무 짧다. 우리가 자유롭지 못한 이유이다.
과거에 자유롭기 위해서는 [과거를 창조하기 위해] 현재를 구속해야 하고
미래에 자유롭기 위해서는 [미래를 창조하기 위해] 현재의 자유를 제한해야 한다.

우리는 존재하지도 않는 과거와 미래의 자유를 위해
현재를 희생하는 부자유적 존재일 뿐이다.

실제 우리는 과거와 미래의 자유를 위한 존재이다.
그러나 만일 과거와 미래를 고려하지 않는다면, 훨씬 더 자유로울 수 있다.
그러나 유감스럽게도, 우리는 과거에 대한 후회와
미래에 대한 두려움에서 쉽게 벗어나기 어렵다.
우리 현재 자유는 너무 미약하다.
과거와 미래의 사슬 속에서는 자유로울 수 없다.

부자유를 선택하는 자유가 우리의 최대 자유이다.

오늘, 자신이 자유롭지 못하다고 생각하는 사람에게

우리가 자유로운 것은

현재도 과거도 미래도 아닌

현재, 과거, 미래가 동시에 만들어내는

제4의 세계에서이다.

오늘, 자신이 자유롭지 못하다고 생각하는 이유이다.

오늘, 자신이 자유롭지 못하다고 생각하는 사람에게

우리의 최대 자유는 부자유를 선택하는 자유이다.

11. 자유의 모습은 어떠힌가

✻ 오래된 거짓말

자유의 선율은 기쁨과 설렘을 가진다.
소년이 새로운 것을 시작할 때의 두근거림 같다.

그러나 어떤 일인지, 자유는 오래 지속되지 않는다.
잠깐 보이다가 사라지는 목마름 속, 사막의 신기루처럼.
그 설렘의 지속은 거짓이다.

오늘, 자신이 자유롭지 못하다고 생각하는 사람에게

✽ 어느 오후 스쳐지나는 바람이 들려주는 이야기

자유에는 선율이 없다.
그것을 상상할 뿐이다.
자유는 슬픔을 선택하기도 하고, 기쁨을 선택하기도 한다.

자유의 모습은 희망과 절망, 기쁨과 슬픔,
모든 것을 포함하는 빛처럼 투명하다.
물론 이는 진리의 특성이다.

자유는 희망과 절망, 기쁨과 슬픔, 평온과 분노, 긍정과 부정, 모든 것을 포함한다.
우리는 이중 절망, 슬픔. 분노, 부정의 상태를
자유로부터 멀어진 상태로 생각한다.
자유 속에 있으면서도 자유롭지 못하다고 느끼는 이유이다.
최악의 절망과 슬픔 상태에서도 우리는 충분히 자유롭다.
자유로울 수 있는 조건 같은 것은 없다.

자유를 위한 준비에 시간을 너무 끌면, 결국 죽음을 위한 준비가 된다.
준비 잘하려다 젊음이 다 간다.

오늘, 자신이 자유롭지 못하다고 생각하는 사람에게

자유는 투명하다.
희망과 절망, 기쁨과 슬픔, 평온과 분노, 긍정과 부정, 모든 것을 포함하기 때문이다.
절망, 슬픔, 분노, 부정 속에 있다고
자신이 자유롭지 못하다고 생각하는 우를 범하지 말라.

오늘, 자신이 자유롭지 못하다고 생각하는 사람에게

최악의 절망과 슬픔 상태에서도 우리는 충분히 자유롭다.

12. 자유로운 시기는 언제인가

✱ 오래된 거짓말

자유의 시기는 여러 이유로 대부분 젊음에 국한한다.
시간의 쇠퇴와 함께 사라질 짧은 자유를 초조히 바라본다.

그러나 시간이 지나도, 그 의미와 열정은 변화하지 않을 수도 있다.
젊음과 자유, 둘은 무관하다.
다행스러운 착각이다.

오늘, 자신이 자유롭지 못하다고 생각하는 사람에게

✱ 어느 오후 스쳐지나는 바람이 들려주는 이야기

우리가 자유롭지 못한 것은
젊음이 지나서가 아니라, 젊음이 지나면서 커지는 두려움 때문이다.
젊음의 특징이 새로운 것에 대한 시작의 시기이듯이
그것을 잃지 않으면 자유는 변치 않는다.

젊음의 자유로움을 위해 오랫동안 준비했던 것처럼
새로운 곳으로 항해를 시작하려면
언제나 어느 정도는 인고의 준비가 필요하다.

두려움의 시작은 준비 부족에 기인한다.
죽음의 순간까지, 새로운 여정을 위한 준비를 계속하는 것이
자유를 잃지 않은 유일한 방법이다.
죽음의 여정도 준비하면 조금은 자유롭다.

집 떠나면 고생이다.
그래도 좀 덜 고생하려면 조금은 준비해야 한다.
고생하느라 경치 볼 시간이 없기 때문이다.

오늘, 자신이 자유롭지 못하다고 생각하는 사람에게

자유롭지 못해지는 이유는 두려움 때문이다.
두려움은 준비의 정도가 결정한다.
정말 자유롭고 싶다면 언제든
간절하게 준비하면 된다.

오늘, 자신이 자유롭지 못하다고 생각하는 사람에게

우리가 젊음의 자유로움을 위해 오랫동안 준비했던 것처럼…

13. 우리는 자유에 대하여 무엇을 배우는가

✳ 오래된 거짓말

우리는 자유롭기 위한 방법에 대하여 어쩌면 충분히 교육한다.
자유는 우리 교육 대부분의 숨겨진 목표이다.

그런데 아무리 생각해도, 우리는 자유가 무언인지 잘 알 수 없다.
그리고 자유를 가지고 무엇을 해야 하는지도 잘 알 수 없다.
자유에 대하여, 우리 교육과 역사는 대부분 거짓이다.

오늘, 자신이 자유롭지 못하다고 생각하는 사람에게

✱ 어느 오후 스쳐지나는 바람이 들려주는 이야기

자유에 대한 교육은 매우 제한적이다. 핵심은 모두 피해 간다.
그리고 그것을 원치 않는 자들도 적지 않다.
타의에 의해 자신의 것을 잃고 싶지 않기 때문이다.
나누는 것에 인색한 자본주의의 탐욕과 어리석음이 세상을 어지럽힌다.

어떤 자유도 더 힘 있는 자가 일부 양보해야 가능하다.
만일, 그들이 그렇게 하지 않는다면 정당하게 쟁취해야 한다.

우리는 타자에게 자유를 부여해 줌으로써
비로소 의미 있는 [자유 상태]에 도달할 수 있다.
집단 대부분이 이를 정확히 인식하지 못하면, 자유에 가까이 접근할 수 없다.
[자유 상태]는 소수, 자유의 선도자만으로는 불가능한 일이다.
우리가 시간이 좀 더 필요한 이유이다.

우리가 궁금한 것은 자유를 어떻게 써야 하는지 인데
우리의 교육은 자유롭기 위한 편법만을 가르친다.

오늘, 자신이 자유롭지 못하다고 생각하는 사람에게

우리가 배우는 것은
자유에 어떻게 도달할지에 관해서 뿐이다.
자유를 어떻게 그리고 어디에 써야 하는 지는 배운 적이 없다.
자유에 도달해도 자유롭지 못한 이유이다.

오늘, 자신이 자유롭지 못하다고 생각하는 사람에게

우리 교육은 자유롭기 위한 편법만을 가르친다.

14. 우리는 항상 자유로울 수 있는가

✱ 오래된 거짓말

자유는 바람과 같아서 우리 주변 어디든지 동행한다.
볼 수는 없지만, 우리 곁에서 지켜 보고, 도와준다.

그러나 자유는 그 모습을 잘 드러내지 않는다.
처음부터 없었을지도 모른다.
오래된 거짓이다.

오늘, 자신이 자유롭지 못하다고 생각하는 사람에게

✻ 어느 오후 스쳐지나는 바람이 들려주는 이야기

자유는 우리 곁, 어디에도 없다.
 그는 험난한 계곡을 지나 저편, 설산 너머에 숨어 있다.
너무 험난한 길이라, 우리는 그것을 찾으러 갈 수조차 없다.
이렇게, 우리는 모두 자유롭지 못한 운명이다.
그러나 계곡 깊숙이 자유가 숨어 있다는 사실만으로
우리는 충분히 위로받는다.
우리가 준비만 되면, 그는 우리에게 그 서늘한 바람을 보내 준다.

자유는 세심하게 준비한 자에게만 존재하는 결과물이다.
보통, 우리가 자유롭지 못한 이유이다.

어느 날 아침, 눈을 떴을 때
자유로울 수는 없는 일이다.

부자유와 자유의 적절한 균형이 평균적 자유를 극대화 시킨다.
그 균형이 깨지면 자유는 감소한다.

오늘, 자신이 자유롭지 못하다고 생각하는 사람에게

항상 자유롭기를 바란다면 아직 어린아이이다.
자유는 구멍 난 항아리 속 물과 같다.
열심히 채워놓지 않으면 곧 바닥을 드러낸다.

오늘, 자신이 자유롭지 못하다고 생각하는 사람에게

어느 날 아침, 눈을 떴을 때 갑자기 자유로울 수는 없는 일이다.

15. 이제, 자유 억압의 시기는 지나갔는가

✱ 오래된 거짓말

우리는 오랫동안 독재자에 의해 억압되었던 시기를 부끄러워한다.
이제는 자유의 시기이다.

그러나 그 압제의 시기가 지났어도, 상황은 그렇게 좋지 않다.
자유의 투사들이 우리에게 자유를 유산으로 주지는 못한다.
자유는 물려줄 수 있는 것이 아니기 때문이다.
방심해서는 안 된다.
단언컨대, 현재가 자유의 시기라는 것은 아직 거짓이다.

오늘, 자신이 자유롭지 못하다고 생각하는 사람에게

✲ 어느 오후 스쳐지나는 바람이 들려주는 이야기

독재자에 의해 억압된 자유는 일부일 뿐이다.
자유는 집단 속에 묻혀 있는 지극히 개인적인 것이다.
압제에 대항해서 얻은 자유는 또 다른 압제로 다시 대체 억압된다.

우리가 속한 집단 모든 개개인의
자유를 향한 열망과 인식이 함께 진화하지 않은 한
자유 상태 변화는 거의 없다.

억압자 몇 사람 제거되었다고 자유롭다 착각하면 곤란하다.
자유는 철저한 투쟁에 의한 쟁취와 함께
시골 노인의 소박하고 주름진 얼굴과 도시 골목 너머 소년의 가슴까지
우리 모두가 가지는 [생각의 힘]으로 완성되는 통합 가치이다.
우리가 아직은 자유롭지 못한 이유이다.

억압, 독재를 벗어나면 가난이 드러난다.
자유는 비슷해졌는데 가진 것은 비슷하지 않기 때문이다.

오늘, 자신이 자유롭지 못하다고 생각하는 사람에게

우리가 자유의 시기를 살고 있다고 생각하는가.
나 말고 다른 사람은 자유롭다고 생각하는가.
내 자유보다 다른 사람의 자유가 더 커 보이는가.
다행히도 그것은 착각이다.

오늘, 자신이 자유롭지 못하다고 생각하는 사람에게

억압자 몇 사람 제거되었다고 자유롭다 착각하면 곤란하다.

16. 자유는 무엇을 주는가

✳ 오래된 거짓말

자유는 그래도 행복한 미래를 약속한다.
행복을 위해 아무리 찾으려 해도 자유 말고 다른 방법이 없다.

그러나 오히려 행복한 미래는 [부자유에 대한 인내]를 통해 약속받는다.
무엇이 옳은 것인지조차 모른 채, 오랜 시간을 보낼 수밖에 없다.
결국, 거짓이다.

오늘, 자신이 자유롭지 못하다고 생각하는 사람에게

✽ 어느 오후 스쳐지나는 바람이 들려주는 이야기

자유는 미래를 위해 아무런 약속도 해주지 않는다.
그럴 능력도 없다.

자유가 주는 것은 행복이 아니라
[존재의 깨어 있음]이다.

이것 이외의 것은 대부분, 오해이다.
[존재의 깨어 있음]은 아무것도 주지 않지만, 모든 것을 주기도 한다.
이는 어떤 새로운 압제자도 억압할 수 없는 것이며
누구도 알 수 없는 자신만의 가슴 속, 붉게 빛나는 구슬이다.
모든 것을 다 잃어도, 잔혹한 세상 속에서도,
이것만 있으면, 세상은 아름다움으로 가득하다.

사랑의 약속이 사랑을 주지는 않는다.
자유도 동일하다.
아무것도 주지 않지만, 우리 생을 결정한다.

오늘, 자신이 자유롭지 못하다고 생각하는 사람에게

16. 자유는 무엇을 주는가

자유는 행복을 주지 않는다.
행복은 자유와 대립하는 속성을 지니기도 한다.
자유와 행복은 전혀 별개의 문제다.
자유롭지 못해도 충분히 행복할 수 있으니 걱정하지 않아도 된다.

오늘, 자신이 자유롭지 못하다고 생각하는 사람에게

자유가 주는 것은 [존재의 깨어 있음] 뿐이다.

17. 자유에 도달하는 비밀의 문은 있는가

✳ 오래된 거짓말

자유에 도달하기 위해서는 숨겨진 비밀 정원을 지나야 한다.
물론, 아무나 갈 수 있는 곳은 아니다.

그 정원에서 진기한 비밀 열쇠를 발견한 자만이
자유의 세계로 통하는 문을 통과하리라 생각할 수밖에 없다.
자유로운 자가 거의 눈에 띄지 않기 때문이다.
그러나 이것은 거짓 동화이다.

오늘, 자신이 자유롭지 못하다고 생각하는 사람에게

✽ 어느 오후 스쳐지나는 바람이 들려주는 이야기

우리 주변에 자유로운 자는 거의 없다.
모두, 자신의 자유롭지 못했던 이야기로
눈물 흘릴 준비가 되어 있는 사람뿐이다.
도대체 자유로운 자는 모두, 어디 숨어 있는가.
자유의 정원에 도달한 자들은 아무도 없는가.
어떤 날, 보랏빛 주홍으로 유혹하는 남서쪽 노을은 이렇게 말하는 듯하다.

끝없는 우주도 법칙과 질서 속에 움직인다.
인간이 억압적 질서 속에 움직이는 것은 크게 이상할 것 없다.
자유로운 자는 신뿐이다.

그래도 우리는 죽음의 순간까지 자유를 찾을 것이다.
자유란 찾아 모험하는 것이다. 그뿐이다.

자유로운 자는 거의 없어도 자유로움을 찾는 자는 가끔 눈에 띈다.
전자는 신이고 후자는 인간이다.

오늘, 자신이 자유롭지 못하다고 생각하는 사람에게

자유에 도달하기 위한 비밀의 문, 비밀의 열쇠 따위는 없다.
문을 열고 집 밖으로 모험을 나서면
바로 자유이다.

오늘, 자신이 자유롭지 못하다고 생각하는 사람에게

자유란 모험하는 것이다. 그뿐이다.

18. 누가 자유를 누릴만한가

� 오래된 거짓말

자유에는 당연히 제약 조건이 있다.
선한 자와 악한 자에게 같은 자유를 부여할 수는 없다.

이는 성실한 자와 나태한 자에게 같은 자유를 부여해서는 안 되는 것과 같다.
이렇게, 선과 성실함이 자유의 조건이다.
그러나 반드시 바로잡아야 하는 오류를 포함한다.

오늘, 자신이 자유롭지 못하다고 생각하는 사람에게

✽ 어느 오후 스쳐지나는 바람이 들려주는 이야기

선한 자는 이미 그에 대한 자유를 보장받고 있으며
악한 자는 이미 스스로 자유를 제한받고 있다.
자유는 우리가 부여할 수 있는 것이 아니다.
신의 영역을 침범해서는 안 된다.
우리가 할 수 있는 것은 범죄자를 격리하는 것으로 충분하다.

자신의 태생적 강점과 우월한 지위를 이용해
약자의 자유를 억압하는 것은 범죄이다.

선한 자와 성실한 자는 그렇게 태어난 자신에 대한 보답으로
조금 악하게 태어난 약자를 가능한 도와야 한다.
이것이 우리가 모두 자유를 가질 수 있는 필요조건이다.
우리는 모두, 언젠가 반드시 약자가 될 것이기 때문이다.

우리가 얼마나 자유를 누릴 만한지 여부는
우리가 타자를 얼마나 자유롭게 해주는지 여부로 판명된다.

오늘, 자신이 자유롭지 못하다고 생각하는 사람에게

선하다고 성실하다고 자유의 자격이 있는 것은 아니다.
자유의 지위는 타인에게 자유를 주는 정도에 따라 올라간다.
선하고 성실한 많은 사람이 오류와 혼돈에 빠지는 이유이다.

오늘, 자신이 자유롭지 못하다고 생각하는 사람에게

우리가 얼마나 자유를 누릴 만한지는 타자를 얼마나 자유롭게 해주는지가 결정한다.

19. 자유, 우리가 부끄러워해야 할 것은 무엇인가

❋ 오래된 거짓말

지금 스스로 선택할 수 없음은 수치이다.
하지만 조금 더 노력하면 선택의 능력을 가질 수 있다는 것은 큰 위안이다.

그러나 시간이 지나고, 좀 더 많은 것을 알게 될수록
스스로 선택할 수 있는 것들은 더욱 줄어들어 간다.
거짓이다.

오늘, 자신이 자유롭지 못하다고 생각하는 사람에게

✽ 어느 오후 스쳐지나는 바람이 들려주는 이야기

선택할 수 없는 상황에서 [선택할 수 없음]은 누구의 탓도 아니지만
[선택하지 않음]은 오랫동안 수치스럽게 생각해야 한다.
우리 삶은 [선택하지 않음] 쪽이 훨씬 많다.

자유에의 수치는 선택할 수 없음이 아니라, 선택하지 않음이다.
선택할 수 있는 것을 하는 데만도 시간이 부족하다.
선택할 수 없음을 불평하고 있을 시간이 별로 없다.

시간이 지나, 삶을 책임져야 할 상황이 커지게 되면
[선택할 수 없음]의 상황이 더 많아진다.
이런 이유로, 젊음은 몇 가지 되지 않는 반대급부적 이점을 가질 수 있다.
그러나 [선택하지 않음]으로, 비난받을 위험성도 커짐을 잊지 말 일이다.

자유는 선택할 수 있는 상태이다.
보통 젊음을 정점으로 포물선을 그린다.
물론, 그렇지 않은 경우도 충분히 많다.

오늘, 자신이 자유롭지 못하다고 생각하는 사람에게

자유의 본성은 선택에 있다.
하지만 우리가 부끄러워해야 할 일은 '선택하지 않음' 뿐이다.
'선택할 수 없음'은 누구의 잘못도 아니다.
'선택할 수 없음'은 열 번의 다른 가능한 선택으로 해결되는 법이다.

오늘, 자신이 자유롭지 못하다고 생각하는 사람에게

자유에의 수치는 '선택할 수 없음'이 아니라, '선택하지 않음'이다.

20. 우리, 정말 자유를 원하는가

✻ 오래된 거짓말

이렇게 우리는 자유를 갈망한다.
그리고 자유를 찾는 여정은 계속될 것이다.

그러나 그 갈망 속에서도, 자유는 잘 보이지 않는다.
혹시, 우리가 자유를 찾고 있는 것은 그것을 피하기 위해서인가.
알 수 없는 위선일 수도 있다.

오늘, 자신이 자유롭지 못하다고 생각하는 사람에게

✱ 어느 오후 스쳐지나는 바람이 들려주는 이야기

우리 삶의 여정이 자유를 피해 다닌 것 아닌가 의심해 봐야 한다.
자유라고 생각되는 것이 위험해 보여, 비겁하게 피해 왔던 것은 아닌가.
알 수 없는 미래의 신기루를 위해
자유를 회피하고, 부자유와 억압의 바닷속으로 자신을 몰고 있는 것 아닌가.
대륙 속, 야수와 굶주림이 두려워, 감히 배에서 내릴 용기조차 없는 것 아닌가.

지금 작은 통나무 배를 준비하여 대륙을 향해 뛰어들어야 한다.
바닷속에 있으면 어차피 큰 폭풍으로 오래지 않아 배는 난파할 것이다.

난파는 시간문제다. 지금 뛰어들어야 한다.
자유 회피를 위한 위선 속에 숨어 있을 시간이 없다.
자유를 원한다면, 보여야 하는 첫 번째 증거는
위선에 대한 열정으로부터의 탈출이다.

노예는 자유를 원하지 않는다.
단지 사역을 피하고 싶을 뿐이다.
그가 자유로우려면 위험한 모험을 해야 한다.

오늘, 자신이 자유롭지 못하다고 생각하는 사람에게

솔직히 말해, 자유를 피하지 않았다고 말할 수 있는 자가 있는가?
그렇다면 자유롭지 않은 것은 당연한 것 아닌가?
두려움을 옅은 미소로 날려버리고
자유의 땅으로 발을 내디디라.

오늘, 자신이 자유롭지 못하다고 생각하는 사람에게

우리, 자유를 피해 다닌 것 아닌가?

오늘, 자신이 자유롭지 못하다고 생각하는 사람에게
어느 오후 스쳐지나는 바람이 들려주는 이야기

✱ 오늘, 자신이 자유롭지 못하다고 생각하는 사람에게

어느 오후 스쳐지나는 바람이 들려주는 이야기

1

오늘, 사랑에 빠져 가슴 설레는 사람에게
어느 오후 스쳐지나는 바람이 들려주는 이야기

1. 사랑의 진정한 가치는 무엇인가 2. 사랑은 열정적이어야 하는가
3. 사랑의 묘약은 어디에 있는가 4. 사랑은 진리를 달성하게 하는가
5. 비밀은 사랑을 깨뜨리는가 6. 사랑은 공유하는 것인가
7. 사랑은 오랫동안 지속될 수 있는가 8. 사랑의 기술은 무엇인가
9. 사랑은 조건이 필요 없는가 10. 사랑은 아름다워야 하는가
11. 사랑은 주는 것인가 12. 사랑은 어떤 향기가 나는가
13. 사랑은 시간과 함께 쇠퇴하는가 14. 사랑을 위한 주의사항은 무엇인가
15. 사랑은 그렇게 즐거운 것인가 16. 사랑의 제 1 규칙은 무엇인가
17. 사랑은 징표를 남기는가 18. 사랑은 편안한 것인가
19. 사랑은 희생을 전제로 하는가 20. 사랑은 감성인가 이성인가

2

오늘, 자신이 자유롭지 못하다고 생각하는 사람에게
어느 오후 스쳐지나는 바람이 들려주는 이야기

1. 우리는 진정으로 자유로울 수 있는가 2. 자유는 투쟁하여 얻을 수 있는 것인가
3. 자유를 위해 필요한 것은 무엇인가 4. 우리는 정말 자유에 도달할 수 있는가
5. 자유로워 지려고 하는 이유는 무엇인가 6. 자유란 무엇인가
7. 자유를 위한 희생양은 누구인가 8. 우리는 자유롭고 또 편안할 수 있는가
9. 자유는 어디까지 해줄 수 있는가 10. 우리는 언제 자유로운가
11. 자유로울 수 있는 조건은 무엇인가 12. 자유로운 시기는 언제인가
13. 우리는 자유에 대하여 무엇을 배우는가 14. 우리는 항상 자유로울 수 있는가
15. 이제, 자유의 억압 시대는 지나갔는가 16. 자유는 무엇을 주는가
17. 자유에 도달하는 비밀의 문은 있는가 18. 우리는 자유를 누릴만한가
19. 자유, 우리가 부끄러워해야 할 것은 무엇인가 20. 우리, 정말 자유를 원하는가

3

오늘, 세상의 부정의와 부도덕에 눈물짓는 사람에게
어느 오후 스쳐지나는 바람이 들려주는 이야기

4

오늘, 자신의 무력함에 좌절하는 사람에게
어느 오후 스쳐지나는 바람이 들려주는 이야기

5

오늘 갑자기 신이 원망스러운 사람에게
어느 오후 스쳐지나는 바람이 들려주는 이야기

6

오늘 갑자기 나란 존재가 무엇인지 혼란스러운 사람에게
어느 오후 스쳐지나는 바람이 들려주는 이야기

7

오늘, 무엇이 옳은 것인지 흔들리는 사람에게
어느 오후 스쳐지나는 바람이 들려주는 이야기

1. 진리는 언제 우리에게 다가오는가   2. 진리는 어디에 머물고 있는가
3. 진리는 무엇으로 판단하는가   4. 진리는 왜 침묵하는가
5. 진리는 정말 유익한가   6. 진리는 어려운 것인가, 쉬운 것인가
7. 진리는 항상성을 지니는가   8. 진리는 특별한 것을 주는가
9. 진리는 어떻게 전달되는가   10. 진리에 이르지 못하게 하는 것들 – 1
11. 진리에 이르지 못하게 하는 것들 – 2   12. 진리에 이르지 못하게 하는 것들 – 3
13. 진리에 가깝게 도달한 증거는 무엇인가   14. 진리는 우리에게 어떤 도움이 되는가
15. 진리는 무거운가 가벼운가   16. 진리는 시간에 따라 불변하는가
17. 진리가 지켜주는 것은 무엇인가   18. 진리에 도달하기 위한 마지막 관문은 무엇인가
19. 진리와 존재는 무엇이 더 중요한가   20. 진리에 도달하는 방법은 무엇인가

8

오늘, 세상의 불공정함으로 슬퍼하는 사람에게
어느 오후 스쳐지나는 바람이 들려주는 이야기

1. 평등은 우리에게 이익인가 손해인가   2. 평등은 자유정신을 억압하는가
3. 평등의 대상은 어디까지인가   4. 평등한 우리는 행복한가
5. 평등은 어떻게 유지되는가   6. 평등을 바라는 자와 바라지 않는 자
7. 평등을 향한 허영심 –1   8. 평등을 향한 허영심 –2
9. 우리는 평등을 누구에게 양보할 수 있는가   10. 우리에게 평등을 가르치는 자가 있는가
11. 평등과 신념은 조화로운가, 상충하는가   12. 완전한 평등은 가능한가
13. 평등은 아름다운가, 평범한가   14. 평등 속에 숨다.
15. 평등은 이룰 수 없는 꿈인가   16. 평등에 도달하는 방법은 무엇인가
17. 평등은 주어지는 것인가, 투쟁하는 것인가   18. 평등으로부터의 휴식은 가능한가
19. 평등에 동정이 필요한가   20. 우리는 평등을 존중하는가 경멸하는가

9

오늘, 죽음의 두려움이 밀려오는 사람에게
어느 오후 스쳐지나는 바람이 들려주는 이야기

10

오늘, 견디기 힘든 하루를 보낸 사람에게
어느 오후 스쳐지나는 바람이 들려주는 이야기

11

오늘 갑자기 내가 왜 사는지 의문이 드는 사람에게
어느 오후 스쳐지나는 바람이 들려주는 이야기

12

오늘, 새로운 나를 만들려 시도하는 사람에게
어느 오후 스쳐지나는 바람이 들려주는 이야기

13

오늘 하루 종일 편안함이 그리웠던 사람에게
어느 오후 스쳐지나는 바람이 들려주는 이야기

14

오늘, 세상에 대해 숨이 막힐듯한 답답함을 느끼는 사람에게
어느 오후 스쳐지나는 바람이 들려주는 이야기

15

오늘 아무것도 결정하지 못하고 밤을 맞은 사람에게
어느 오후 스쳐지나는 바람이 들려주는 이야기

16

오늘 하루 종일 다른 사람 따라 하다 지쳐버린 사람에게
어느 오후 스쳐지나는 바람이 들려주는 이야기

17

오늘, 이 생각 저 생각에 잠 못 드는 사람에게
어느 오후 스쳐지나는 바람이 들려주는 이야기

18

오늘, 약자의 우울에서 벗어나 편안해지고 싶은 사람에게
어느 오후 스쳐지나는 바람이 들려주는 이야기

19

오늘, 자기 감정을 차분히 조절하고 싶은 사람에게
어느 오후 스쳐지나는 바람이 들려주는 이야기

1. 감성에서 타자(他者)의 역할 2. 감성의 지속 시간 3. 경이로움 4. 감성의 격류
5. 감성 기준 6. 감성 준비 7. 감성을 위한 연습 8. 치장
9. 감성적 시야 10. 그리움 11. 호기심 12. 호의
13. 친구 14. 시인들의 무덤 15. 감성적 설득법 16. 변명
17. 시기심 18. 우아함 19. 휴식의 유용성 20. 정신적 사기꾼
21. 변화에 대한 오류 22. 거절당한 자들의 이기심 23. 미소 24. 감성적 오류
25. 숭고함 26. 착각 27. 걱정 28. 무관심
29. 젊음이 잘 할 수 없는 것들 30. 우정 31. 변심 32. 역설
33. 함께 휴식할 수 있는 자 34. 모방 35. 고립 36. 정다움

20

오늘, 어느 젊은 날의 여름 감성을 다시 찾고 싶은 사람에게
어느 오후 스쳐지나는 바람이 들려주는 이야기

1. 조용한 휴식 2. 바람의 느낌 3. 가슴 뜀 4. 아침 노을 후에 5. 초승달의 슬기로움 6. 만듦
7. 비 오는 여름 늦은 오후 시샘 8. 돌아봄 9. 시간의 피안(彼岸)에 서서 10. 오후의 수목(樹木)과의 동화(同化)
11. 서두르지 않음 12. 작은 마음 13. 부동의 부드러움 14. 서늘한 여름 저녁 노을 같이 15. 지침
16. 작은 돌 위의 빗방울 처럼 17. 어둠 18. 어느 여름 아침의 강인함 19. 회복 20. 변화 21. 기다림
22. 어지러움 23. 비굴 24. 고독 25. 평온 26. 이중성 27. 어떤 두근거림 28. 힘듦 그리고 즐거움
29. 드러남 30. 허무 31. 충만 32. 겹침 33. 가벼움 34. 나른함 35. 상심 36. 무지 그리고 두려움 37. 혼동
38. 따뜻함 39. 허위 40. 길을 잃은 듯한 느낌 41. 생성 42. 투명함 43. 동경(憧憬) 44. 망각 45. 서성임
46. 위로(慰勞) 47. 아득함 48. 안심(安心) 49. 시선 50. 진리 51. 그리움 52. 차가운 아름다움 53. 기억
54. 시간 느낌 55. 나를 느낌 56. 공평 57. 무색(無色) 58. 으스름함 59. 의문 60. 미덕(美德)
61. 중독 62. 비밀 63. 오인 64. 순수 65. 뜨거움 66. 경쾌함 67. 망설임 68. 한가로움 69. 무이(無異)
70. 정다운 가슴 뜀 71. 무력(無力) 72. 자유로움

103

21

오늘, 세상의 불공평함으로 삶에 자신이 없는 사람에게
어느 오후 스쳐지나는 바람이 들려주는 이야기

1. 평등을 위해서는 냉철한 분노가 필요하다
2. 서로 같아지면 득실도 없어진다
3. 나 혼자 자유로운 건 오히려 슬픈 일이다
4. 서로 같음에는 그럴만한 대상이 따로 있지 않다
5. 평등을 가장하면 행복도 가장한다
6. 우월함으로 허영적인 인간은 사실 가장 노예적이다
7. 누군가에 평등을 맡기느니 신에게 목숨을 맡기겠다
8. 평등을 가르칠 수 있는 자는 신만큼 가치 있는 자이다
9. 행동하지 않는 평등은 복종하는 것이다
10. 평등은 인간이 할 수 있는 가장 신적인 일이다
11. 신이 평등이 아니라 평등에의 의지만 준 것은 의도된 것이다

22

오늘, 생각대로 자유롭게 살 수 없음을 상심하는 사람에게
어느 오후 스쳐지나는 바람이 들려주는 이야기

1. 자유는 그것을 필연으로 만드는 자에게만 허락된다.
2. 자유는 가슴 뜀을 위해 불편함과 노동을 일부러 선택하는 것이다.
3. 자유는 아무것도 해주지 않지만 의지가 가미되면 마법이 시작된다.
4. 자유의 땅에 도착하기 어려운 것은 잘못된 표지판도 한몫한다.
5. 자유의 정도는 그 선택의 숫자에 비례한다.

23

오늘, 부조리와 부당함으로 세상을 원망하는 사람에게
어느 오후 스쳐지나는 바람이 들려주는 이야기

1. 정의를 위한 첫걸음은 정의로 가장한 자들을 찾아내는 것으로 시작한다.
2. 세상 모든 남을 정의롭게 하느니 세상 모든 나만 정의로워지면 된다.
3. 자기기만을 자꾸 하면 어느 날 깨어났을 때 벌레가 되어 있을 것이다.
4. 도덕은 깨어있는 정신의 공존적 행복에의 의지이다.

24

오늘, 무언가 이루지 못해 슬퍼하는 사람에게
어느 오후 스쳐지나는 바람이 들려주는 이야기

1. 국가를 위해 개인이 희생하는 나라 중 퇴락하지 않는 나라는 없다.
2. 국가의 최대 역할은 힘의 균형을 맞추는 것이다.
3. 권력은 자신이 무섭다고 생각하지만 사람들은 우습다고 생각한다.
4. 진정한 권력은 중력과 같이 아무것도 없어도 만물을 다스린다.
5. 부자는 돈이 많다는 것, 그것뿐이다.
6. 부의 작은 특권은 악마도 천사도 될 수 있다는 것이다.
7. 명예를 위해 살면 명예롭지 않다.

25

오늘 갑자기 세상이 무엇으로 이루어져 있는지 궁금한 사람에게
어느 오후 스쳐지나는 바람이 들려주는 이야기

26

오늘 갑자기 세상 일의 원리와 근원이 궁금한 사람에게
어느 오후 스쳐지나는 바람이 들려주는 이야기

27

오늘 갑자기 내가 모르는 숨겨진 다른 세상을 알고 싶은 사람에게
어느 오후 스쳐지나는 바람이 들려주는 이야기

1. 인식 세계
1-1. 존재-의지-인식 공간 세계
1-2. [반존재]-의지-인식 공간 세계
1-3. 존재-[반의지]-인식 공간 세계
1-4. [반존재]-[반의지]-인식 공간 세계

2. [반인식] 세계
2-1. 존재-의지-[반인식] 공간 세계
2-2. [반존재]-의지-[반인식] 공간 세계
2-3. 존재-[반의지]-[반인식] 공간 세계
2-4. [반존재]-[반의지]-[반인식] 공간 세계

여덟 개의 세상

28

오늘 갑자기 자신을 매력 있게 만들고 싶은 사람에게
어느 오후 스쳐지나는 바람이 들려주는 이야기

명예 / 순수함 / 매력 / 어둠 / 배움 / 진실 / 자기 만들기 / 고귀함 / 어제 / 굳건함
숭고함 / 목표 / 행동 / 창작 / 자존 / 무심 / 기만 / 과거 / 배우 / 설득
자기 세계 / 개별 진리 / 겸허 / 학자 / 교제 / 평온함 / 탁월함 / 다름 / 유연함
자기철학 / 방향(芳香) / 숙독 / 제3의 탄생 / 확고함 / 겸손 / 자기 형상화 / 독서 / 동화 / 용기
청빈 / 가난 / 견지(堅持) / 먼 꿈 / 명랑함 / 젊음 / 공평 / 자유 / 쟁취 / 가라앉힘
냉철함 / 강함 / 수용 / 호감 / 가르침 / 고독 / 타인 행복 / 죽음 / 평온함 사람을 목적함 / 무질서적 다양함

29

오늘 갑자기 무엇을 목표로 살아야 하는지 알고 싶은 사람에게
어느 오후 스쳐지나는 바람이 들려주는 이야기

휴식 / 시간 모으기 / 오류 / 단념 / 돌아보기 / 수정 / 변화 / 단순함 / 정리 / 평온함 / 기다림 / 자유 / 또 다른 탄생 / 냉철한 분노
타인을 위함 / 감동 주기 / 존중 / 길 찾기 / 나 찾기 / 나 만들기 / 바라지 않음 / 변함없음 / 물러섬 / 자기창조 / 자유 주기 / 나눔
두려워하지 않음 / 세상을 바꿈 / 여유로움 / 현명하지 않음 / 어리석음 / 무향 / 오감 / 고개 숙임 / 깊음 / 탓하지 않음
사람을 움직임 / 나를 봄 / 옅게 화장함 / 다투지 않음 / 낮은 곳에 위치함 / 불평하지 않음 / 너그러움 / 자유를 줌 / 달을 봄 / 강함
/눈을 뜸 / 독립 / 멀리 봄 / 나를 바꿈 / 무아 / 개별 의지 / 소탈함 / 다르지 않음 / 동질감 / 멈추지 않음 / 선한 강자 / 행동
한가로움 / 독창성 / 감성 / 자기 통합 / 매일 아침을 얻음 / 따라 하지 않음 / 정진 / 공평 / 선구자 / 행복을 줌 / 기다림 / 인지
의지(意志) / 숭고함 / 감내 / 회귀 인식 / 구별 / 방향 / 평가 / 멈춤 / 순서 / 서두르지 않음 / 드러냄 / 판단 / 시인 / 자전거 / 믿음
신뢰 / 적은 욕심 / 너그러움 / 이행 / 겸허 / 기세 / 작은 깨우침 / 흘려 보냄 / 진실 / 편한 마음 / 득실 / 욕심 줄이기 / 진실
앎 / 걱정하지 않음 / 마음에 두지 않음 / 거절 / 외로움 / 받아들임 / 여행 / 연민 / 실체 / 예비 / 성숙 / 고귀함 / 자숙 / 시선
여정 변경 / 그만두기 / 편안함 / 모르기 / 알기 / 선택 / 거미줄 끊기 / 역설 이해 / 아님 / 오후 산책 / 따뜻함 / 긍정 / 지관(止觀)
비판하지 않음 / 탈바꿈 / 성공 / 같이 감 / 다름 / 동등감 / 실증 / 평범함 이해 / 단정(斷定)하지 않음 / 친구 / 기억 / 수레 타기
시작 / 젊음 / 이해 / 마음 두둑함 / 다시 시작

30

오늘 갑자기 자신의 지식을 깊은 지혜로 바꾸고 싶은 사람에게
어느 오후 스쳐지나는 바람이 들려주는 이야기

미소 / 꿈 찾기 / 가난한 부자 / 많은 것을 봄 / 자기 것을 봄 / 설렘 / 만족 / 감성 / 겸허 / 설득 / 자기를 키움 / 밝음
인간적임 / 돌진 / 표출 / 소년 / 강자 / 오래된 자기 / 잃지 않음 / 약자 / 해독 / 나를 믿게 함 / 안도감 / 납득 / 자기 노출
가식 / 자기 채우기 / 변심 / 자격 / 솔직함 / 나침반 / 감성 / 비웃음 / 탈출 / 감성 확장 / 자존감 / 자존감 버리기
인내심 / 오늘 / 작아짐 / 철퇴 / 자신다움 / 상심 / 호감 / 사람 지향 / 그릇 키우기 / 오래 달리기 / 아침 감성 / 평상심
오랜 경험 만들기 / 약간의 꾸밈 / 그리움 / 직시 / 멀리 가지 않음 / 반론 / 내일 / 존경 / 멋짐 / 감성 휴식 / 미로 탈출
자기 탈출 / 거절 / 자기 불평 / 수긍 / 비난하지 않음 / 원점 / 무심 / 본받음 / 빛음 / 친밀 / 변덕 / 만남 / 인연 / 인지
공정함 / 기분 전환 / 우울 치유 / 시련 / 역동성 / 숭고함 / 운명 / 평정심 / 실패 / 무소유 / 절망 / 결정 / 부동심 / 밝음
절망하지 않음 / 회복 / 지각 / 슬픔 / 굴욕 / 고독 / 즐거움 / 묵언 / 꿈 찾기 / 자기 지배 / 극대 / 허무함 / 가치 기준 / 분리
비상 / 수수함 / 무심 / 투시 / 창작 / 겨울 / 후회 / 신을 자기 편으로 함 / 방황 / 기다림 / 무색 / 균형 / 먼지 / 감내 / 재연
등반 / 희망 / 도피 / 관조 / 진실 / 존재 / 의연함 / 적절함 / 정결함 / 후각 / 기품 / 치유

31

오늘 갑자기 오랜 시간 후 내게 무엇이 남을지 궁금한 사람에게
어느 오후 스쳐지나는 바람이 들려주는 이야기

일상 / 침착함 / 매력 / 유혹 / 멋진 인정 / 내면 / 진화 / 거래 / 자질 / 방향(放香) / 무향 / 빛음 / 지성 / 깊음 / 보존 / 감내
주고받음 / 맞섬 / 무감각 / 냉철함 / 뺄셈 / 덧셈 / 나눗셈 / 곱셈 / 도전 / 현실 / 오늘 / 깨달음 / 부자유 / 자유 사용 / 권리
생각 / 채비 / 자격 / 아우름 / 식별 / 결의 / 외면 / 목적 / 유효기간 연장 / 근원 인식 / 경계 / 분노 / 징벌 / 불손 / 기개 / 공격
비범 / 자태 / 삼감 / 온화함 / 정결 / 실제 달라짐 / 행복을 배움 / 기억 / 합당함 / 기원(起源) / 구충 / 일임(一任) / 불신
분별 / 자리 낮추기 / 우울 치료 / 복원 / 손익 / 점등 / 담력 / 깨어남 / 평범 / 회복 / 자존감 / 공유 / 증여 / 부자
바라지 않음 / 자족 / 쌓기 / 명예 / 의욕 / 역할 / 자격 / 자기 발견 / 개별의지 / 독립 / 자립 / 인간다움 / 배신하지 않음
만족 / 인지 / 용기 / 선악 / 용서 / 굳셈 / 염치 / 사람의 행복 / 부족 수긍 / 평상심 / 구제 / 길을 찾음 / 자기 창조 / 묶음
속도 맞춤 / 비슷함 / 발견 / 동류 / 무중력 / 조색(調色) / 선함 / 결행 / 가린 것을 거둠 / 무념 / 회귀(回歸) / 문제 / 실재
온화함 / 역경 / 진화 / 벗어남 / 대상 창조 / 자각 / 수수함 / 눈사람 / 납득 / 무익 / 개별 행복 / 무난함 / 자존 / 오만 / 책
기백 / 파괴 / 평온 / 묵언 / 나 / 탈출 / 순서 / 소설 / 사소함 / 지혜 / 자유 / 손익 계산 / 우정 / 생명 무차별 / 공평 / 정체
인간적임 / 내실 / 존경 / 어른 / 후퇴 / 악마의 꿈 / 더 수월함 / 자존감 / 공평 / 권리 / 동질감 / 배우고 익힘 / 냉철함
비슷함 / 가장하지 않음 / 함께함 / 선함 / 결의 / 용서 / 필연 / 타인 지향 / 점잖지 않음 / 복종 / 경작 / 부자유
행복한 목표 / 의지 / 산책 / 저항 / 탁월함 / 지성 / 목표 수정 / 인지 / 올바름 / 독립 / 거부 / 활용 / 달관 / 성공 / 교만
부자 / 궤적 / 결정 / 행복한 죽음 / 무아 / 마중 / 기억 만들기 / 몰두 / 마음 먹기 / 준비 / 둘러맴 / 마무리 / 삶

오늘, 자신이 자유롭지 못하다고 생각하는 사람에게
어느 오후 스쳐지나는 바람이 들려주는 이야기

개정판 ‖ 2021년 5월 1일
지은이 ‖ 프리드리히
펴낸곳 ‖ 지성과문학
팩스　 ‖ 031-935-0520
가격　 ‖ 15,000원

ISBN　978-89-98392-53-6 (03810)

오늘, 자신이 자유롭지 못하다고 생각하는 사람에게
어느 오후 스쳐지나는 바람이 들려주는 이야기

자유롭고 싶은 사람을 위한 책